SOUVENIRS

DE

L'INVASION ALLEMANDE

DANS LE CANTON DE BOURGTHEROULDE

Par BOUQUET

MAIRE DE LA DÉFENSE NATIONALE

1870-71

Prix : 0 fr. 25

Chez l'Auteur, à BOURGTHEROULDE (Eure)

LISIEUX

IMPRIMERIE E. POUTREL, GRANDE-RUE, 15

—

1890

SOUVENIRS

DE

L'INVASION ALLEMANDE

Dans le canton de Bourgtheroulde

1870-71

Les notes qu'on va lire ont été rédigées par moi, sous le coup des événements, pendant l'invasion allemande à Bourgtheroulde.

Ecrites sans aucune prétention littéraire ou autre, à titre de souvenirs personnels, pour mes enfants, elles n'étaient pas destinées à la publicité.

En les publiant aujourd'hui, mon but est de rectifier et de compléter l'*Histoire de Bourgtheroulde*, de M. Duchemin, récemment parue sous les auspices de la municipalité actuelle.

Celui qui exerçait alors les fonctions de maire se doit à lui-même, il doit à ses concitoyens de rétablir les faits omis dans cette histoire et de raconter avec exactitude ceux qui ont été tronqués ou travestis. C'est un hommage qu'il a le devoir de rendre à la vérité, et, d'ailleurs, il n'est jamais inutile de rappeler ce qu'il en coûte à une nation d'abandonner ses destinées aux mains d'un homme.

BOUQUET,
Ancien maire de Bourgtheroulde
pendant l'invasion allemande 1870-71.

I

PREMIÈRE OCCUPATION PRUSSIENNE

Le 3 décembre 1870, M. le Sous-Préfet de Pont-Audemer m'adressait cette dépêche :

« Je quitte à l'instant le général Briant.

« Rouen, Elbeuf, Le Havre sont résolus à se « défendre, quoi qu'il advienne. Disposez votre « garde nationale et tenez-vous prêt. »

Je répondis :

« Envoyez armes et munitions, faites vite et « comptez sur moi. »

On avait enlevé nos armes quelque temps auparavant.

Il y avait un tel désarroi à la Sous-Préfecture de Pont-Audemer, qu'à l'occasion de l'élection des officiers et sous-officiers des mobilisés, les prescriptions furent changées trois fois. Il semblait que le démon de la désorganisation s'y fut glissé, comme je le disais dans une lettre à M. le Sous-Préfet, en lui faisant savoir que je me refusais à en recommencer de nouvelles.

Quoi qu'il en soit, décidé à résister et à soutenir la lutte, je pris le train pour aller faire mes adieux à ma fille et à sa famille qui habitent Bernay.

En rencontrant les convois chargés de troupes se dirigeant sur Rouen, j'éprouvai un mouvement d'espoir. Mais, quelle ne fut pas ma surprise, quand arrivant à Glos-Montfort, j'aperçus les mobiles de l'Eure qui se trouvaient à Pont-Audemer, arrivant par le train tout joyeux avec une permission de deux jours ! Ils ne savaient rien de ce qui se passait : — L'ennemi à nos portes, l'autorité militaire appelle aux armes tous les citoyens et, au même instant, on congédie pour deux jours l'armée !

Qui a donné cet ordre ? Qui a commis cette trahison, ce crime de lèse patrie ?

J'eus de tristes pressentiments, deux jours après, l'ennemi entrait dans Rouen. Nous en fûmes informés, le soir même, par la retraite des mobiles ; nous apprimes même qu'il marchait sur Elbeuf.

Le 26 décembre, nous reçûmes un convoi d'armes et de munitions, enlevé de cette dernière ville, et escorté par des francs-tireurs et des soldats qui avaient pris part au combat devant Rouen. Parmi eux, s'étaient glissés, sous un déguisement, plusieurs soldats prussiens, ce dont quelques-uns se vantèrent chez moi un mois plus tard ; mais n'anticipons pas sur les événements.

Enfin, le 8 décembre, vers deux heures de l'après-midi, nous eûmes la douleur de voir, pour la première fois à Bourgtheroulde, un détachement prussien, un peloton du 28e chasseurs.

Les soldats qui le composaient traversèrent le bourg en criant : « Français ! Français ! » et redescendirent presque aussitôt.

L'officier qui les commandait mit pied à terre devant ma porte, me fit appeler et me demanda s'il n'y avait ni francs-tireurs ni troupes régulières dans le pays. Je lui répondis que je n'en savais rien.

Il me déclara qu'il me rendait responsable en cas d'attaque et qu'il ferait mettre le feu au bourg pour se venger.

Je lui fis observer qu'il serait injuste de faire peser sur un pays tout entier une attaque qui pourrait se produire à mon insu et malgré moi.

Il m'obligea alors à faire publier l'ordre qu'il donnait aux habitants de lui remettre leurs armes à la Mairie, déclarant que le corps d'infanterie qui le suivait fouillerait les maisons et que, s'il en trouvait, il punirait sévèrement ceux qui auraient refusé d'obéir.

La panique de quelques-uns des officiers de notre garde nationale fut telle que, non seulement ils portèrent en tremblant leur sabre, mais même leur uniforme que les soldats prussiens leur rejetèrent à la tête en les traitant de lâches, et en les engageant à le garder pour s'en couvrir.

L'officier prussien m'ayant réclamé mes armes, je lui répondis : « Sur le champ de bataille je vous combattrais énergiquement ; chez moi, je vous respecte. Je déplore la guerre qui désole deux nations dont l'union et l'amitié eussent été fécondes pour l'humanité entière, et j'ai été l'un des plus ardents opposants à ce plébiscite qu'a poussé la France dans cette affreuse calamité.

Mes armes sont deux pistolets auxquels un souvenir s'attache (1). »

Il me répondit en me serrant la main : « Gardez-les. »

Pendant qu'il envoyait deux éclaireurs sur la route de Brionne jusqu'à deux kilomètres, d'où ils revinrent se poster au cimetière, il me fit le conduire au bureau de tabac où il réquisitionna tout ce qu'il put trouver et fit détruire le télé-

(1) J'avais reçu, en effet, ces deux pistolets de la main de mon prédécesseur à la pharmacie de Bourgtheroulde, M. Lambert, un des glorieux volontaires de 1792.

graphe par le sous-officier qui l'accompagnait. Mais il fit de vains efforts pour me faire lui remettre la carte du département.

L'ennemi ne resta, d'ailleurs, ce jour-là, à Bourgtheroulde que le temps de prendre un peu de repos et de se faire servir quelque nourriture par les habitants.

La dépense n'ayant pas été payée, dans un des hôtels du bourg, le directeur de cet hôtel la réclamait vivement ; celui qui y avait conduit quelques soldats s'avança vers l'officier prussien et lui dit : « la commune paiera. »

— Ah ! oui, monsieur, reprit ironiquement ce dernier, la commune paiera.

— Non, répliquai-je, la commune ne paiera pas ; que celui qui a osé offrir paie.

Je fus, du reste, honteux du manque de dignité de bon nombre de mes concitoyens qui, après avoir hébergé l'ennemi avec un empressement beaucoup trop grand, lui offrirent de nouveau leurs maisons pour le cas où il reviendrait.

Hélas ! il n'y manqua pas ! Je rougis aussi de la curiosité déplacée que manifestèrent un trop grand nombre d'habitants à l'arrivée de la troupe prussienne.

Je n'ai plus qu'un détail à signaler pour en finir avec cette courte apparition de l'ennemi. Au moment de partir, l'officier commandant le détachement sembla un instant vouloir prendre la route de Brionne, puis il ordonna à sa troupe un brusque changement de front et marcha sur Bourg-Achard, où se trouvait une forte colonne d'infanterie se dirigeant sur Pont-Audemer comme je l'appris par le sieur Osmont, jardinier requis par l'ennemi pour porter les armes qu'il nous avait enlevées.

En passant devant notre mairie monumentale, l'officier répéta à plusieurs reprises :

— Oh ! pays riche.

Cet adieu nous laissa présager les réquisitions de l'ennemi rapace avec lequel nous ne devions pas tarder à faire plus ample connaissance.

*
* *

Aussitôt après le départ de l'ennemi, je m'empressai de convoquer le Conseil Municipal pour lui demander — le danger étant imminent — quelle conduite il y aurait à tenir pour sauvegarder les intérêts du pays. J'émis l'avis qu'il convenait de centraliser toutes les réquisitions à la mairie parce qu'il y aurait eu, selon moi, injustice à laisser l'ennemi s'emparer de ce qu'il trouverait chez les cultivateurs et les marchands, tandis que les rentiers, dont quelques-uns étaient beaucoup plus riches, n'auraient eu rien à supporter. (1) J'engageai Messieurs les Conseillers municipaux à ne pas s'absenter de chez eux, afin de pouvoir se réunir en cas d'urgence. On se sépara sans prendre aucune résolution.

J'avais exprimé la crainte de me trouver seul au moment du danger, ce qui eut lieu, en effet.

Le 15 décembre, vers dix heures du matin, une colonne prussienne venant de Beaumont-le-Roger, où elle avait été repoussée avec perte, arriva inopinément par la route du Neubourg.

Le commandant de l'avant-garde, tout fré-

(1) Aussitôt après la réunion du Conseil, on fit courir le bruit que j'avais fait voter de l'argent pour le donner aux Prussiens.

missant, me dit qu'il avait été trahi ; il me posa son revolver sur la poitrine et cabra son cheval sur moi, me rendant responsable du moindre mouvement des habitants ; il ajouta que je serais le premier qui tomberait. Dans cette position, il me donna des ordres pour ses provisions, m'accordant une heure pour les exécuter, faute de quoi, me dit-il, il s'emparerait de tout ce qu'il y avait dans le bourg, en enfonçant les maisons.

A peine débarrassé de cet interlocuteur peu commode, j'eus à répondre à un officier d'artillerie qui me donna aussi des réquisitions de vivres et de fourrages.

Un instant après, ce fut un officier payeur qui m'en donna également. Il demanda immédiatement des vivres pour 3.000 hommes d'infanterie, de cavalerie et d'artillerie, et des fourrages pour 1.500 chevaux. Il me déclara, en outre, que les troupes allaient se loger comme elles l'entendraient : les sous-officiers marquaient, en effet, à la craie, le nombre de logements sur la porte de chaque maison.

Je fis remarquer à cet officier que j'avais déjà plusieurs ordres qu'il me fit rayer, le sien étant supérieur et suffisant pour toutes les colonnes.

Lui ayant fait comprendre l'impossibilité de réunir les fournitures aussi promptement qu'il le demandait, parce que la commune n'en possédait pas en quantité suffisante, il m'accorda jusqu'à trois heures de l'après-midi, voulant lui-même délivrer les parts à chaque compagnie.

Cela me rendit grand service en me permettant de renvoyer avec une certaine autorité les soldats qui me pressaient et me menaçaient.

Le Conseil municipal, convoqué d'urgence, se réunit à la mairie, déjà envahie par les troupes. C'était au milieu des soldats prussiens qu'il fallait délibérer.

Leurs physionomies, leurs chants, le bruit de leurs armes n'offraient rien de rassurant.

Le conseil était consterné.

Nous fîmes cependant le mieux possible les réquisitions de fournitures entre chaque commune du canton, et on envoya aux maires des réquisitions dont chacun fit sa part : la rédaction de quelques-unes témoigne du trouble où se trouvait celui qui était chargé de les transmettre.

Ce fut, du reste, la première et la dernière réunion du Conseil avant l'armistice ; comme je l'avais prévu, chacun ne songea plus qu'à soi.

Obligé de sortir un instant de la salle pour donner des ordres, je vis, quand je rentrai, que tous les membres du Conseil municipal avaient disparu, et je trouvai le cachet de la mairie aux mains des soldats qui s'amusaient à estampiller des papiers qu'ils jetaient au vent.

Je m'empressai de le reprendre et je redescendis sur la place, où un seul conseiller municipal, M. Legendre, m'aida pendant une heure environ, pour la réception des réquisitions.

La salle de la mairie, le grand escalier, la justice de paix étaient remplis de soldats harassés. Un grand nombre occupaient la place : plusieurs étaient couchés à terre, sur le pavé ou dans la boue. Toutes ces troupes, pressées par la faim, attendaient avec impatience l'arrivée des vivres.

Un officier de cavalerie, parlant bien français, et me paraissant autant que moi peiné de la guerre, me donna des renseignements me permettant de ménager les intérêts du canton.

Je lui en fus et serai toujours reconnaissant.

Rentré chez moi, exténué de fatigue et sans avoir pris de nourriture de la journée, je trouvai mes deux fils, dont l'aîné relevait de maladie, occupés à protéger ma maison envahie par des soldats et quelques officiers. L'un d'eux, le chirurgien-major, le docteur Metrick, de Kœnigsberg, mérite une mention particulière pour la bienveillance et la philanthropie qui le distinguaient à un haut point!

— Nous, médecins et « apotecks », tous amis, me dit-il en entrant chez moi, pas de guerre entre nous !

J'aurai l'occasion de reparler de cet homme aux sentiments si humains, qui revint six fois chez moi pendant les jours sombres de l'invasion dont il adoucit un peu les rigueurs.

*
* *

Le 16 décembre vers huit heures du matin, les troupes se mirent en mouvement. A neuf heures, il en arriva, comme une avalanche, par toutes les routes, de Rouen, d'Elbeuf, de Bourg-Achard et du Neubourg. Tous ces détachements se réunissaient pour marcher sur Brionne. Au milieu de ce flot mouvant, tout était submergé, on eût dit un immense serpent d'airain enlaçant le bourg de ses replis.

Toute la matinée, ces masses ont défilé : cavalerie, infanterie, artillerie (deux pièces), caissons, fourgons, ambulances ; puis cela se renouvela dans le même ordre dix-huit ou vingt fois.

Les soldats chantaient en marchant au pas accéléré ; les officiers à cheval allaient et venaient au galop sur le flanc gauche de la colonne ; d'autres, tenant à la main une carte déployée, semblaient étudier le pays. Une bataille paraissait imminente.

Les physionomies étranges de ces hommes, leurs uniformes, leurs casques surmontés d'une pointe, de forme jusqu'alors inconnue, leurs voix rauques et leurs barbes rouges, tout enfin jetait l'épouvante au cœur des habitants.

L'ennemi arrêté dans sa marche par des troupes françaises qui occupaient la forêt de St Martin, entre Bourgtheroulde et Brionne, prit ses positions et envahit tout à coup les communes voisines de la grande route. Un grand nombre de troupes et d'équipages reparurent, battant en retraite tout effarés ; il y eut seulement quelques combats d'avant-postes qui se renouvelèrent plusieurs fois les jours suivants.

Le hameau d'Angoville, a 2 kilomètres de Bourgtheroulde, fut occupé par quatre à cinq cents hommes d'infanterie et de dragons. MM. Juste Deshayes, Bourgalié et Despason en logèrent un grand nombre ; ce dernier chez lequel se trouvait le Colonel, fut fort maltraité.

Le 18, à cinq heures du matin, ces trois cultivateurs furent obligés de suivre ce petit corps d'armée avec leurs voitures chargées de bagages. Conduits à Elbeuf, puis à Rouen où ils arrivèrent à quatre heures du soir, ils furent ensuite renvoyés.

L'état-major vint se fixer à Bourgtheroulde où il resta jusqu'au 24. Toutes les habitations étaient envahies par les troupes ; on les y entassait le plus possible. La cavalerie envahissait les auberges, les fermes. jetant dehors les bestiaux pour loger ses chevaux ; les maisons situées aux extrémités du bourg furent occupées par des postes nombreux et crénelées.

Toutes les routes furent barricadées, les pommiers coupés, des tranchées furent faites dans les prés en plusieurs endroits ; un cordon de sentinelles fut établi dans la campagne tout autour du bourg. et des grandes gardes dans les bois et sur les routes à 4 kilomètres de distance. Le cimetière formait un camp retranché : les murs en avaient été découverts et des pierres tumulaires portées le long pour servir de marchepied.

Beaucoup de troupes avec de l'artillerie bivaquèrent.

*
* *

Je supportais seul tout le fardeau de la mairie, mon secrétaire ne voulant rien écrire, de peur que son écriture, reconnue par l'ennemi, ne lui attirât des désagréments.

Sans cesse occupé par les réclamations des officiers supérieurs qui me demandaient à chaque instant, obligé de les accompagner même au milieu de la nuit pour requérir des voitures jusque dans les campagnes, franchissant quelque fois les avant-postes avec mon voisin, M. Varin, que j'avais obtenu l'autorisation de m'adjoindre, je passais des journées entières sans manger, me couchant peu ou ne me couchant pas du tout.

Quoique pendant les huit jours que dura cette première occupation, le bourg eût eu beaucoup à souffrir, il n'y eut point de pillage. En dehors des réquisitions, les Prussiens pa-

yaient, en grande partie, ce qu'ils demandaient ;
cependant, quelques scènes de violence se
produisirent, surtout dans les maisons où il y
avait de jeunes soldats. Je fus quelquefois ex-
posé en voulant intervenir, notamment chez
M. Delaplanche, vieillard de 80 ans, que je crus
prudent de conduire chez moi, une nuit, avec
sa femme.

*
* *

Un jour, une compagnie de soldats prussiens,
arrivant du bivouac, sur les huit heures du
matin, ne me donna pas le temps d'ouvrir ma
porte sur la rue. Deux soldats firent sauter
les volets avec leurs baïonnettes et, arrachant
ma serrure d'une poussée, se précipitèrent dans
ma maison comme des furieux. J'avais une pile
de deux cents bouteilles de vin de Saint-Emi-
lion cachées sous un meuble dans ma cuisine ;
ils la découvrirent et se disposèrent à s'en
emparer.

Je courus chez le commandant de place à
qui j'exposai que ma maison était remplie de
réquisitions pour l'armée prussienne ; j'ajoutai que si ses soldats restaient chez moi, (qui,
en qualité de maire, pouvais me dispenser du
logement des troupes) je cesserais mes fonctions.
Il se rendit immédiatement chez moi et adres-
sa des reproches aux soldats qui disparurent
de suite sans rien emporter.

La situation devenait, du reste, extrèmement
grave ; les réquisitions en fourrages, avoine,
pain, viande, s'épuisaient, et le bourg, privé de
toute communication à l'extérieur par un cordon de sentinelles, était menacé de mourir de
faim. Je me disposais à appeler l'attention de

nos envahisseurs sur cette triste situation dont eux-mêmes pourraient avoir à souffrir, quand je fus mandé, au milieu de la nuit du 23 au 24 décembre, chez le Commandant de place. Quels ne furent pas mon étonnement et ma joie en apercevant qu'il régnait dans son état-major une véritable panique ! On avait réquisitionné des voitures qui stationnaient depuis plusieurs heures ; on préparait visiblement une fuite précipitée.

Le colonel m'ordonna de lui livrer dix-huit vaches pour le lendemain six heures.

Je lui fis observer qu'il n'y en avait pas une seule dans le bourg et qu'on ne pouvait sortir sans laissez-passer signé de lui. Je lui en demandai dix-huit !

Il hésita longtemps : plus d'une heure; enfin il se décida à m'en donner quatre.

J'eus soin d'engager les personnes auxquelles je les remis, à ne ramener que six vaches pour l'heure indiquée, ce qu'ils firent.

Je quittai le colonel à minuit. Il partit avec son état-major à quatre heures du matin, laissant une arrière-garde qui partit également dans la matinée.

Les vaches avaient été emmenées, moins une qui était restée à l'hôtel de Rouen, où logeaient les dragons. Je la fis enlever pendant qu'ils étaient absents ; mais, à leur retour, ils vinrent la réclamer avec menaces, sabre au poing et criant : « Vache à lait ! Vache à lait ! » — Pour m'excuser, je dis qu'elle était à l'abattoir ; mais ils la voulurent vivante : il fallut s'exécuter.

*
* *

L'ennemi, en se retirant, échelonnait de dis-

lance en distance des grand' gardes qui remon-
taient continuellement jusqu'à Saint-Denis-du-
Mont, à deux lieues au-dessus de Bourgtheroulde, sur la route de Brionne. Les chefs de
ces détachements s'arrètaient chez moi et me
menaçaient de brûler le pays s'il venait des
francs-tireurs. Je leur répondais que ce serait
abominable, que, placé entre les deux armées,
il m'était impossible d'arrêter l'une ou l'autre,
que, d'ailleurs, j'avais le devoir de recevoir les
défenseurs de mon pays.

II

Reprise de possession par l'Armée Française

Ce même jour, 24 Décembre, une compa-
nie de mobilisés du Calvados, que je savais,
par diverses sources, se trouver sur la *Risle*,
poussa une reconnaissance jusqu'à Bourgtheroulde et s'arrêta au milieu du village. Je fis
observer au capitaine qu'il était imprudent de
faire ainsi mettre bas les armes à sa troupe ;
que, dans la matinée, une grande garde ennemie avait traversé le bourg en le visitant dans
toutes ses parties, jusque dans les maisons ;
qu'il y avait à peine dix minutes, deux cava-
liers prussiens étaient encore au bas du bourg.
Il me répondit avec fanfaronnade qu'il courait
après les Prussiens sans pouvoir les joindre.

Cependant, de nouveaux détachements de
mobilisés arrivèrent et les officiers supérieurs
qui les commandaient firent établir les avant-
postes que j'avais vainement réclamés auprès
du capitaine.

— Ce n'était malheureusement qu'une reconnaissance qui se retira derrière la *Risle* où l'on resta trop longtemps,

Le lendemain, nous eûmes la visite d'un aide-de-camp du général Lauriston, escorté de deux chasseurs à cheval.

C'était un beau jeune homme bien campé, et qui, monté sur un pur-sang, devait avoir fait ses preuves.

Arrivé près de l'église, il vit deux dragons prussiens sur lesquels ses deux chasseurs firent feu sans résultat. Il remonta jusqu'au bureau de M. Lamontre, receveur d'enregistrement, auquel il dicta son rapport sans descendre de cheval.

Il partit après m'avoir promis l'arrivée prochaine du général Lauriston, que nous eûmes le regret de ne voir jamais.

Je lui donnai divers renseignements utiles à l'attaque et à la défense de la région. (1) Alors il se passa un fait singulier, à peine croyable : deux hommes que je ne connaissais pas, sortirent de l'hôtel de Rouen et cherchèrent à ameuter la population contre moi, en disant que je voulais empêcher nos troupes de venir ; ils allèrent jusqu'à menacer de me frapper.

(1) Aussitôt après le départ de l'ennemi, j'envoyai au Sous-préfet de Pont-Audemer un plan de la presqu'île de la Seine — plan dressé par mes deux fils — sur lequel j'avais marqué les postes occupés par les Prussiens et le nombre d'hommes de chacun d'eux. Je tenais ces indications d'un ouvrier, nommé Mordret, qui connaissait bien la forêt et sur lequel je pouvais compter. J'indiquais, en outre, sur ce plan, comment les troupes françaises devaient opérer pour culbuter l'ennemi et pousser jusqu'à Rouen.

Je fis aussi remettre copie de ce plan à un officier de mobilisés par un adjudant de notre garde-nationale, nommé Boulanger.

Le lendemain soir, une compagnie de francs-tireurs de Rugles arriva à Bourgtheroulde à la nuit tombante. Je rentrais chez moi, surpris d'un bourdonnement, d'une sorte de caquetage que je ne pouvais m'expliquer, quand, tout à coup, j'entendis :

— Nous allons les « piger » !

Je m'écriai à mi-voix :

— Chut ! L'ennemi sort d'ici ; il est à quatre pas !

La compagnie s'était divisée en deux colonnes, l'une traversait le bourg par la rue principale, l'autre par une rue latérale. Ces deux colonnes se rejoignaient au bas du bourg et, malheureusement tirèrent l'une sur l'autre, trompées par l'obscurité.

Un homme tomba blessé mortellement.

Tandis que mon confrère, M. Chevalier, pharmacien, s'empressait de lui donner des soins, et que j'y allais moi-même, le capitaine me requit de lui procurer une voiture pour emporter tous les sacs de la Compagnie, et disparut avec sa troupe.

* * *

Nous vîmes enfin arriver les éclaireurs du Calvados, Compagnie Trémant et Pascal et une subdivision de la compagnie Lumière, qui étudièrent et explorèrent les forêts, firent quelques prisonniers et tuèrent quelques soldats prussiens. Ce sont ces compagnies qui prirent la plus grande part aux combats qui suivirent, et où Pascal, comme on le verra plus loin, paya de sa vie dans une lutte héroïque en avant de Bourgtheroulde.

Si mes fatigues avaient été grandes pendant l'occupation prussienne, elles ne le furent pas moins pendant l'occupation française. — Avec les Prussiens, je n'avais affaire qu'aux chefs, tandis qu'avec nos troupes, j'avais à répondre aux demandes incessantes de nos malheureux mobiles, mal nourris, mal vêtus, malades en grand nombre et trop souvent — j'ai honte à le dire — abandonnés par leurs chefs qui se réunissaient à la campagne pour bien vivre en commun.

Je leur donnais à tous des médicaments pour rien ; j'en logeais une soixantaine dont je nourrissais une partie.

Plusieurs officiers de divers corps se présentaient insolemment, la menace à la bouche ; ils voulaient des choses impossibles, me menaçant à chaque instant de la justice militaire. L'un voulait m'obliger à boucher les tranchées que les Prussiens avaient faites ; un autre voulait un meilleur logement, trouvait qu'il avait droit à des draps blancs ; celui-ci prétendait qu'il ne devait pas y avoir de soldats dans la maison où il logeait ; celui-là voulait qu'on plaçât de la paille dans l'église pour s'y établir, etc.

Le lendemain de son arrivée, le général Roy vint chez moi, avec M. de Rostolan, commandant de place, qui lui avait fait son rapport, et M. Vittecoq, (1) ancien maire.

Il me dit, d'un air courroucé, que, s'il n'avait appris que j'étais un bon patriote, il m'aurait fait traduire devant la Cour-Martiale.

---

(1) Il est bon de rappeler que, quelques jours auparavant, j'avais rendu à ce même M. Vittecoq un service signalé en le dissuadant de quitter le pays, ce qui eût été le signal du pillage de sa maison par les soldats prussiens qui occupaient alors notre village,

— Ah ça ! lui dis-je, vous n'êtes donc ici que pour traduire l'autorité civile devant la Cour Martiale ? Vos officiers me menacent à tout propos ; votre occupation est plus pénible que celle de l'ennemi, dont les chefs respectaient au moins nos malheurs et donnaient des ordres en termes polis. Plus je suis bon, plus on est insolent. On me traite pis qu'en pays conquis.

Je fais cent fois mon devoir et vos officiers manquent à tous les leurs. Traduisez-moi devant la Cour-Martiale, mais appelez en même temps tous vos soldats en témoignage. »

*
* *

M'occupant alors de la formation d'une ambulance, je fis publier l'avis suivant :

Les habitants de Bourgtheroulde sont priés de préparer sans relâche de la charpie et de disposer du linge et des bandes pour les blessés, de donner leurs matelas et de porter le tout le plus promptement possible à la Justice de Paix. Je compte sur leur dévouement.

J'eus le regret de constater qu'un certain nombre d'entre eux — et non des moins riches — qui, pendant huit jours, avaient fourni aux Prussiens bonne table et bon lit, se refusèrent à l'exécution de cet ordre.

Je voulais les y contraindre par la force, mais j'en fus empêché par le commandant de place, M. de Rostolan qui, cependant, m'avait écrit pour la création de l'ambulance.

J'adressai à ce sujet des invitations aux municipalités voisines qui y répondirent avec empressement. Il en fut de même pour les réquisitions de bois que je leur renvoyai, à la même époque, pour remplacer celui des habitants, consumé par les Prussiens au moment de leur passage.

On m'engageait à en faire prendre dans la forêt de *La Londe*. Le général Roy, logé chez M. Gruel, m'envoya même, par ce dernier, un ordre ainsi conçu :

M. le Maire de la commune de Bourgthe-roulde est requis d'aller prendre dans la forêt de La Londe le bois coupé nécessaire au chauffage et à la cuisson des aliments de la troupe. Les provisions des habitants ayant été épuisées, ce bois sera destiné aux habitants qui n'en ont plus, pour fournir à leurs besoins et à ceux des troupes.

Bourgtheroulde, le 2 Janvier 1871
Signé : Général ROY.

J'objectai toutes les difficultés, les impossibilités même d'exécution de cet ordre, et aussi la crainte que j'éprouvais, une fois le premier pas fait dans cette voie, de ne plus être le maître d'empêcher la dévastation de la forêt.

M. Gruel retourna faire part au général Roy de mes observations, et me rapporta en présence de témoins, cette réponse verbale :

— « Le général Roy s'est entendu avec les gardes forestiers ; vous prendrez du bois chez M. Grouvel, marchand de bois à Bosc-Roger, qui en a en magasin, et, plus tard, les gardes le lui rendront. »

Cela me parut naturel et équitable. J'exerçai donc ce genre de réquisition, utile, surtout pendant la seconde occupation de l'ennemi qui brûlait les meubles, les escaliers et aurait brûlé jusqu'aux bâtiments si on ne lui eût fourni le bois qu'il réclamait. (1)

Le 29 décembre, les troupes françaises s'étaient emparées du poste de la gare de *La Londe* et de *Château-Robert* d'où elles avaient chassé les Prussiens ; elles tentèrent de pousser ensuite jusqu'au camp de *Grand-Couronne*, mais elles furent repoussées par l'artillerie ennemie. A la suite de ces combats, une trentaine de blessés et de malades furent apportés à l'ambulance de Bourgtheroulde où ils furent faits prisonniers après la bataille du 4 Janvier. (2)

Le général Roy donna l'ordre au capitaine des francs-tireurs de l'Eure de garder la position de *Château-Robert* et renvoya ses troupes dans leurs cantonnements, jusqu'à *Berville-en-Roumois*....... à quatorze kilomètres de distance et au-delà de la forêt !...

On devait s'y attendre : l'ennemi profita de cette faute. Le 2 janvier, il écrasa cette poignée d'hommes chargés de garder ce poste stratégique de grande importance et s'empara de nouveau de *Château-Robert*. Le capitaine de francs-tireurs et une partie de sa troupe y périrent

(1) Cependant, le rapport fait par M. Gruel était faux et, après la guerre, les agents forestiers ont refusé de rendre à M. Grouvel le bois réquisitionné chez lui.

(2) Le sergent Bisson qui avait un éclat d'obus dans l'épaule fut transporté à Amiens où il guérit (Rapport du docteur Pernet, médecin des mobiles, rencontré après la guerre).
Le capitaine de Champigny, la jambe brisée par un éclat d'obus, qui reçut l'hospitalité de M. Poulard, de Bourgtheroulde, fut emmené dans sa famille où il mourut.

glorieusement ou furent faits prisonniers, mais sans profit pour la défense.

A cette nouvelle, les troupes furent rappelées. Elles attaquèrent et reprirent *Château-Robert*; mais on eut encore le tort de les renvoyer et de ne laisser sur cette importante position que trois compagnies de mobiles de *l'Ardèche* et *des Landes*. Les officiers supérieurs se retirent à six kilomètres. Cependant, comme si on eût été assuré de garder cette position, on expédiait à Bourgtheroulde des vivres et des munitions.

* *

Le trois janvier, dans l'après-midi, un escadron de chasseurs dont le commandant ne le cédait à personne en fait d'impolitesse s'arrêta à ma porte. Il refusa d'abord le logement que je lui désignais à Saint-Martin d'Anfreville et dut, cependant, l'accepter pour ne pas coucher à la belle étoile. Les soldats eux-mêmes étaient dans un état de surexcitation indescriptible.

L'un d'eux brisa la porte de ma pharmacie d'un coup de crosse et coucha mon fils en joue.

Un autre exigeait que je lui versasse du champagne !

J'avais cependant publié la proclamation suivante :

— *Habitants de Bourgtheroulde,*

Je vous prie et, au besoin, je vous ordonne de laisser vos maisons éclairées et chauffées toute la nuit et l'entrée libre, pour que les troupes puissent, à toute heure, trouver un abri. Je compte sur votre patriotisme et votre dévouement : comptez sur le mien.

Ayant communiqué cette proclamation au général Roy, il écrivit de sa main et signa l'approbation suivante :

J'approuve très vivement les sentiments qui ont dicté votre proclamation et je vous remercie :

De son côté, il publiait l'ordre du jour ci-après :

Le général commandant supérieur demande aux troupes sous ses ordres la discipline la plus absolue ; les circonstances sont graves !..... et, en remerciant chacun de la manière dont il a fait son devoir, il prie d'avoir assez de patience pour que satisfaction soit donnée à ses besoins. Toute insulte ou sévice contre un magistrat municipal est un délit punissable et auquel on ne voudra pas s'exposer.

Les fatigues, les privations et surtout les contrariétés que j'éprouvais m'avaient rendu malade. Obligé de me mettre au lit, j'envoyai ma démission au Sous-Préfet de Pont-Audemer qui la refusa, en faisant appel à mon honneur. M. Villecoq, ancien maire, vint me trouver à ma chambre et me supplia de la retirer, disant que *tout allait tomber dans l'anarchie.*

Je cédai et repris mes fonctions : mes plus cruelles épreuves allaient commencer.

III

COMBAT DU 4 JANVIER 1871. — NOUVELLE ET DERNIÈRE OCCUPATION PRUSSIENNE

Le 3 janvier, à dix heures du soir, le général

Roy vint me voir et me dit qu'il était content, que les positions qu'il occupait étaient inexpugnables. Je le crus sans peine, d'autant plus que je les connaissais.

— Il me quitta tout joyeux en me disant :

— Je suis approvisionné en vivres et en munitions ; je ne manque de rien.

Il me proposa de faire venir de Caen, pour ma pharmacie et l'ambulance, les médicaments dont je pourrais manquer.

Ainsi rassuré, je fus me mettre au lit dans l'espoir de réparer mes forces. Depuis le 17 décembre, je ne m'étais presque pas couché et j'avais à peine mangé, j'étais brisé par la diarrhée.

Le lendemain matin, de bonne heure, des voitures furent requises pour porter à *Château-Robert* des vivres et des munitions. A cet effet, mon jeune fils partit avec ma voiture attelée de deux chevaux. A peine toutes les voitures, ainsi réunies, furent-elles arrivées au bas du bourg que les conducteurs reçurent l'ordre de ne pas avancer, puis de retrograder et de se diriger sur Brionne.

En passant devant ma porte, mon jeune fils entra précipitamment, monta au grenier et, sans me prévenir, y déposa le chassepot dont il était porteur.

Un instant après, mon fils aîné vint me prévenir que l'ennemi s'était emparé de *Château-Robert* et qu'il était arrivé à *Maison-Brûlée*. Je refusai d'y croire, tant j'avais de confiance dans l'assurance que m'avait donné la veille au soir le général Roy.

Mon fils vint de nouveau et me dit que l'ennemi avait repris la gare de *La Londe*, et marchait sur *Saint-Martin-d'Anfreville*. Je pensai que c'était un piège tendu aux Prussiens

pour les écraser au fond du vallon des Grès.
Ce n'était, hélas! qu'une illusion de ma part :
l'ennemi victorieux s'avançait toujours; déjà,
l'on entendait la fusillade.

Je me levai précipitamment et, ceint de mon
écharpe, je m'élançai dans la rue, m'efforçant
de rallier les mobiles qui fuyaient en désordre.

— Je leur criais :

— En avant! En avant!

Mon fils, effrayé, voulait m'arrêter en me disant :

— Tu vas te faire tuer!

— Tant mieux, répliquai-je, pourvu qu'on
se batte!

Les balles sifflaient.

Le général Roy, qui avait dormi jusqu'à huit
ou neuf heures du matin, parut enfin, escorté
des chasseurs à cheval, arrivés la veille. Mais
ce fut pour fuir comme les autres.

Ce que voyant, je sautai à la tête de son cheval, lui rappelant ses paroles de la veille.

Il voulait me faire arrêter.

Apercevant mon fils, il lui cria :

— Emmenez votre père, il est fou.

Je me retournai vivement, m'écriant :

— Non, je ne suis pas fou ; mais vous êtes
un lâche!

Presque aussitôt arrivèrent en pleurant, quelques officiers de la Compagnie Pascal de Caen,
suppliant qu'on sauvât leur capitaine blessé,
qu'ils venaient de transporter à la mairie.

Mon fils voulut atteler le cheval d'un voisin
pour l'enlever ; mais on s'aperçut qu'il était trop
tard et l'on y renonça. (1)

_____

(1) Le corps du capitaine Pascal, inhumé dans le
cimetière de Bourgtheroulde, le lendemain du combat, a été réclamé, après la guerre, par sa veuve et

Cette brave compagnie, forte d'une cinquantaine d'hommes, aidée d'une vingtaine de mobiles de l'Eure, appuyée aux fossés de la route de Rouen, n'abandonna le combat qu'après avoir été tournée par l'ennemi, à la faveur du brouillard.

Sa vigoureuse résistance sauva du désastre les troupes du général Roy qui fuyaient en désordre.

De son côté, le commandant Guillaume, à la tête d'une compagnie de mobiles adossés au mur du presbytère, en face de la Mairie, soutenait une lutte héroïque contre l'ennemi, beaucoup plus nombreux, et était enfin forcé d'abandonner sa position en laissant plusieurs de ses hommes sur le terrain.

Huit cadavres français et prussiens étaient sur la place : De ce nombre était M. Renau d'Acquigny.

Pendant ce temps, beaucoup d'habitants fuyaient terrifiés, se jetant à plat ventre dans les fossés bordant la route, afin d'éviter les balles.

Quand le combat eut cessé, une compagnie d'infanterie prussienne monta le bourg au pas accéléré.

Une partie de soldats fouillait les maisons, défonçait à coups de crosses les portes fermées

ses compagnons d'armes. Au moment de l'exhumation, M. Groult, alors juge de paix à Bourgtheroulde (du 11 février au 5 mai), le même qui, depuis lors, a pris l'initiative de la fondation des Musées Cantonaux, prononça une allocution patriotique et remit à la famille de ce vaillant le montant d'une souscription par lui organisée pour lui élever un monument. Je suis heureux de constater que, malgré leurs désastres personnels, presque tous les habitants de Bourgtheroulde y participèrent avec un empressement au-dessus de tout éloge.

et jetait par la fenêtre les mobiliers des logements abandonnés.

Le capitaine à cheval me reconnut en passant
et me salua. Cinq soldats pénétrèrent chez moi
et visitèrent mes appartements en me faisant
marcher devant eux, comme s'ils avaient craint
quelque surprise.

Je soignais à ce moment le sieur Lassalle
qui, dès le commencement du combat, avait
reçu une balle dans le bras.

IV

MON ENLÈVEMENT PAR L'ENNEMI

Dès que je fus libre, je voulus sortir pour
aller à l'ambulance secourir les blessés et les
malades.

Mais à peine étais-je au milieu de la rue que
deux soldats prussiens m'arrêtèrent en me disant :

— M. le Maire, prisonnier !

— Pourquoi ? repris-je.

— Vous avez, le premier, tiré sur nos troupes, *des civils nous l'ont dit !*

J'eus beau protester, dire que je ne m'occupais
que de mes fonctions de maire et de mon devoir de pharmacien, que je donnais des soins
indistinctement à tous les blessés prussiens ou
français, ils ne voulurent rien entendre et je dus
partir, entre quatre baïonnettes, sans pouvoir
même rentrer chez moi prévenir mon fils et lui
faire mes adieux....

Un nombre considérable de Prussiens et deux
pièces d'artillerie étaient sur la place de la Mairie ; ils brûlaient les munitions prises sur l'armée française.

On entendait la fusillade dans le lointain.

Présenté à un sous-officier, il me dit qu'il ne pouvait rien, que j'étais le prisonnier de ses soldats, mais qu'il appartenait à une nation civilisée et qu'on ferait une enquête.

Je fus présenté ainsi, toujours infructueusement, de grade en grade, jusqu'au Commandant.

En passant près de l'hôtel de la Corne-d'Abondance, je vis un officier prussien tenant un de ses soldats aux cheveux. Après lui avoir enlevé son casque qu'il jetait par terre, il lui donnait un grand coup de poing sur la tête et l'obligeait à le ramasser ; il le reprenait, le jetait de nouveau et lui donnait un nouveau coup de poing. J'ignore combien de temps, il continua ce genre d'exercice.

On me conduisait vers la *Maison-Brulée*. Arrivé au hameau de la Patte-d'Oie, j'aperçus un mobile blessé de quatre balles, qui m'appela à son secours : c'était un nommé Petit, de Louviers.

L'officier qui nous commandait le fit transporter sur le fourgon, à côte d'un blessé prussien.

Il partagea avec ce dernier le morceau de chocolat que je lui offrais et lui remit, sans hésitation, la pièce de deux francs que je le priais de lui donner.

A deux kilomètres de là, je rencontrai plusieurs officiers prussiens dont un grand à barbe rouge, à la parole violente et rauque (type prussien) qui m'arracha mon écharpe.

Je fus forcé de suivre à pied, entre deux solcats, le fourgon d'ambulance, lancé au trot des chevaux !

La route était couverte de neige, glissante ;

j'étais en sabots et malade ; mes forces ne tardèrent pas à s'épuiser. Je déclarai qu'il m'était impossible de continuer à suivre. Le sergent fit alors descendre un des garçons d'ambulance et me fit monter à sa place. Le fourgon reprit sa course jusqu'à la *Maison-Brulée*.

L'hôtel qui porte ce nom, à l'angle des routes de Rouen à Caen et à Bordeaux, en face de la forêt de *Moulineaux*, à deux kilomètres de Château-Robert, offrait l'aspect le plus lamentable. Les portes en étaient brisées ; les meubles, les lits, les paillasses en lambeaux gisaient sur le sol ; tout indiquait que la lutte y avait été affreuse ; nous étions, en effet, au centre du champ de bataille (1)

On m'enferma avec plusieurs habitants arrêtés sous divers prétextes, dans un petit pavillon appartenant à M. Delaville, situé de l'autre côté de la route. On nous y laissa sans feu et sans nourriture.

Il arrivait continuellement des troupes prussiennes du côté de Rouen, se dirigeant sur Bourgtheroulde et Bourg-Achard.

Vers deux heures de l'après-midi, on nous mena vers Grand-Couronne sous l'escorte de plusieurs soldats. La route était très mauvaise. Chaque fois que je glissais, ce qui était fréquent, le soldat qui me suivait me donnait un coup de pied sur les talons, en criant :

— Haire ! brigand ! franc-tirour ! Trémant t Calvados ! Capout !...

Je ne doutai plus d'une dénonciation ; car la

---

(1) Nos mobiles y combattirent un contre quinze. Leur héroïsme nous console un peu des trop nombreuses défaillances que nous avons à déplorer dans cette funeste guerre.

compagnie Trémant logeait en grande partie chez moi.

Au bas de l'escarpement de Château-Robert gisait le cadavre d'un soldat français. Çà et là, sur la neige, il y avait des taches de sang ; tout le coteau était bouleversé. Depuis la Maison-Brûlée, tous les pommiers et un grand nombre d'arbres étaient coupés à un mètre de hauteur. Des feux de bivouac existaient sur tout le parcours de la route depuis Bourgtheroulde ; Moulineaux était dévasté, s'étant trouvé à la fois sous le feu des Français et des Prussiens.

Plus nous approchions de Grand-Couronne, plus la brutalité des soldats augmentait.

Arrivés à la nuit tombante à la barricade d'une tranchée allant de la forêt jusqu'à la Seine, à un kilomètre de Grand-Couronne, je fus abordé par trois officiers qui m'assénèrent chacun un violent coup de poing, sur la mâchoire, l'œil et la tête, en me traitant de brigand ! d'assassin ! Ils ajoutèrent qu'ils n'étaient pas là pour leur plaisir.

Un instant, je faillis perdre connaissance ; mais revenant à moi, je protestai avec force contre leur conduite. Ils s'écrièrent qu'il fallait me fusiller ; puis, que c'était trop doux, qu'on allait me pendre.

Au même instant je reçus un coup de crosse sur le cou. Je m'affaissai presque à terre en m'écriant :

— Heureux ceux qui sont morts !

Ma pensée se reporta sur mes enfants : je perdis tout espoir.

Les soldats se précipitèrent sur moi, me lièrent les bras derrière le dos et me poussèrent jusqu'à Grand-Couronne en me cinglant de coups violents.

Je sus plus tard que les Prussiens avaient eu trois de leurs officiers supérieurs tués en cet endroit, notamment le général Schak, qui avait pris possession de Rouen. Cela explique, quoique sans le justifier, leur redoublement de fureur contre moi.

On me jeta dans l'église et on m'enferma dans le confessionnal. Sous la voûte sombre qu'aucune lumière n'éclairait, on entendait un bruissement sourd et confus. Ne pouvant rien distinguer, je supposais que l'église était pleine de soldats prussiens. Le lendemain seulement, je vis que c'étaient des mobiles prisonniers et des habitants arrêtés sous différents prétextes.

La sentinelle préposée à ma garde, répétait souvent :

— Brigand ! Franc-tirour ! Capout !

A chaque instant, des soldats et des officiers ouvraient la porte pour m'examiner : le sentinelle éclairait. Les uns me saluaient poliment, les autres m'insultaient.

Depuis le matin je n'avais mangé qu'un peu de lait avec une décoction d'écorces de cacao ; je n'avait pris aucun autre aliment. Je souffrais beaucoup de la faim.

Je priai donc la sentinelle de demander des aliments chez l'épicier en face de l'église, que je connaissais. Elle referma la porte de mon confessionnal en disant :

— La guerre ! J'ai faim, moi aussi !

Saisi par le froid, je parvins, après beaucoup d'efforts, à faire glisser la corde qui me liait les les bras et je passai mes mains dans mes manches.

Je commençais à les réchauffer lorsque tout à coup, la porte de mon cachot s'ouvrit. La sentinelle regarda et me fit signe de me lever ; puis elle me lança plusieurs coups de corde et m'attacha solidement les bras, de manière cependant à me laisser la liberté des mouvements : c'était une amélioration. Il était environ dix heures du soir.

A partir de ce moment, je n'entendis plus de menaces de mort. Vers minuit, la sentinelle ouvrit ma porte une dernière fois, me fit signe de me lever et, sans dire mot, m'ôta la corde des bras et referma la porte. Je poussai un soupir de soulagement, et devins, dès lors, moins soucieux de moi, mais plus de mes enfants.

Epuisé de fatigue, de faim et de coliques, je finis cependant par m'endormir.

J'eus même un rêve assez doux : il me semblait être dans ma petite chambre en compagnie de mon vieil ami, M. Rouppert (ancien réfugié Polonais qui m'a rendu de grands services pendant ces terribles événements).

Malheureusement, mon illusion fut de courte durée : je piquai une tête dans la porte du confessionnal et me réveillai.

J'étais glacé, mes dents claquaient, je tremblais de tous les membres. Je passai la nuit à me frotter les mains et à piétiner sur place afin de combattre l'engourdissement mortel qui me gagnait.

Tout à coup une grande rumeur s'éleva : c'était le départ des prisonniers et de leur escorte. Au tumulte succéda un silence profond comme celui du tombeau.

Quand le jour commença à poindre, je secouai ma torpeur, persuadé que j'allais être fusillé. Un soldat ouvrit ma porte, me fit signe de me lever et de marcher devant lui. A peine étais-je au milieu de la grande allée du cimetière qu'il m'allongea un si formidable coup de poing derrière la tête que j'allai bondir jusque dans la route.

Je reconnus, en ce moment, parmi les mobiles prisonniers, le nommé Courtonnel, de Goupillières, qui avait couché chez moi la nuit précédente. Il me reconnut aussi et s'apprêtait à me parler, quand il fut écarté violemment par une baïonnette. Nous ne pûmes qu'échanger un regard de sympathie.

Les mobiles prisonniers, au nombre d'environ deux cents, étaient rangés sur la grande route ; des civils étaient placés à leur suite, mais séparés par une compagnie prussienne. Un bataillon ouvrait, un autre fermait la marche.

La colonne, ainsi disposée, se dirigea sur Rouen, par un froid glacial. On fit halte un instant, à peu près à mi-chemin, En reprenant mon rang, je me trouvai à côté d'un cantinier de l'Ardèche et de sa femme, faits prisonniers au dernier combat. Les ayant logés chez moi peu de temps auparavant, nous nous reconnûmes et nous causâmes.

Un officier supérieur leur demanda s'ils se trouvaient la veille à la Maison-Brûlée, au moment où ils avaient été faits prisonniers : je sus plus tard que c'était le général Manteuffel.

Cette dernière étape fut des plus pénibles pour moi, à cause de mon état de fatigue et de faiblesse extrême qu'aggravaient encore la faim et le froid.

Enfin, nous arrivâmes à Rouen par la Demi-Lune, sur l'avenue de Caen. Là, nos courages se relevèrent ; nous pensâmes qu'une lutte allait s'engager pour nous délivrer.

Les officiers prussiens, très émus, redoublaient d'activité.

Une masse de peuple, accourue sur notre

passage, remplissait l'avenue de Caen sur une longueur de près de deux kilomètres.

A tout instant, c'étaient de chaleureuses acclamations. On criait :

— Vive la France ! Vive la mobile !

Il semblait que le flot nous pressât. Nous marchions d'un pas accéléré : on eût dit qu'on allait sonner la charge et qu'il n'y avait plus qu'à vaincre ou à mourir.

J'étais prêt à me jeter sur le fusil du soldat le plus proche de moi pour tenter avec mes compagnons d'infortune une formidable trouée.

Cette idée a dû traverser l'esprit de plus d'un d'entre nous ; mais des voix prudentes nous arrêtèrent en nous faisant entendre ce conseil : pas de démonstration ; ne répondons pas. Nous obéîmes et notre résignation nous sauva certainement du massacre.

On nous fit traverser le faubourg Saint-Sever et la Seine ; puis on nous dirigea vers la caserne de Bicêtre, en longeant les quais du Champ-de-Mars. Partout, sur notre passage, les maisons étaient fermées : c'était un silence lugubre et on eût dit que Rouen n'était plus qu'un immense sépulcre. Aux étages supérieurs, les habitants pâles et consternés nous saluaient.

Que de larmes ont coulé !

Arrivés place Bicêtre, nous restâmes longtemps sur le pavé. Des ouvriers nous offrirent du fromage et du vin. Nous avions la gorge et le palais si altérés qu'il nous était impossible de mâcher : nous dûmes mouiller le pain et le sucer. De tous côtés, le peuple nous serrait, se mêlait à nous : une charge à la baïonnette le repoussa au loin.

Pendant ce temps, j'avais donné à quelques-uns de mes compagnons de captivité le nom et l'adresse de plusieurs maisons connues avec lesquelles j'étais en relation, les priant, s'ils étaient relâchés, d'aller trouver mes amis, afin qu'ils tentassent quelques démarches en ma faveur.

Les mobiles furent envoyés à la gare d'Amiens et les prisonniers civils entrèrent dans une salle de la caserne de Bicêtre où ils restèrent environ une heure,

Le cantinier de l'Ardèche et sa femme furent mis en liberté et conduits à M. Nétien, maire de Rouen qui s'informa de ce qui avait eu lieu et spécialement des circonstances de mon arrestation. Après avoir obtenu les renseignements dont il avait besoin, il se rendit aussitôt, en compagnie de son adjoint, chez le commandant de place prussien et en obtint ma mise en liberté sous caution.

J'avais été conduit, avec cinq ou six prisonniers, sous l'escorte d'une compagnie, dans la cour du Palais de Justice. Je crus reconnaître quelques personnes en dehors de la grille ; je m'en approchai, mais les soldats m'obligèrent à m'en éloigner.

L'officier à cheval qui commandait l'escorte préposée à notre garde, lut à haute voix les noms des prisonniers qu'il consignait au geôlier.

Comme il nous qualifiait d'espions, je me précipitai vers lui et protestai énergiquement. Mon exemple fut suivi par un mobile de l'Ardèche qui, surpris dans son sommeil au moment du combat, s'était élancé au feu avec son pantalon seulement.

L'officier, visiblement ému, avait les mains tremblantes.

Avec nous, était un brave homme de Darnetal, père de six enfants sur lequel l'ennemi avait saisi la correspondance. Il pleurait, croyant devoir être fusillé. Il devait cependant être relâché, comme nous tous.

Le geôlier qui nous conduisait avait une figure repoussante : il me fit songer à certain crapaud que, dans mon enfance j'avais vu sortir de sous cette motte de terre.

En passant sous la voûte de la prison, l'air humide et puant me donna un frisson, j'éprouvai comme une sorte de honte à me trouver au séjour habituellement réservé aux voleurs.

Néanmoins, on nous apporta une gamelle avec de la graisse, des légumes et du pain ; bientôt la soupe fut à point et nous mangeâmes de bon appétit. en ce moment, le concierge m'apporta un manteau et 10 fr., de la part d'un de mes amis de Rouen. Cela me parut de bon augure. J'en fis l'observation à mes compagnons et j'engageai le concierge à apporter au souper un plat de supplément.

Lui ayant demandé comment l'ennemi traitait d'habitude les prisonniers, il me répondit qu'il ne tardait pas à les interroger, et que l'officier chargé de cette mission était très sympathique et parlait bien français.

V

MA DÉLIVRANCE

Peu d'instants après, je m'entendis appeler. Croyant que c'était pour m'interroger, je dis à un de mes co-détenus que j'allais plaider leur cause.

Quand je fus sous la voûte, le geôlier m'apprit que j'étais libre, et il me conduisit dans la loge du concierge, où je trouvai, m'y attendant, MM. Nitien et Delamare.

Ces messieurs me serrèrent la main avec beaucoup de cordialité, et M. Nitien me dit :

— Mon cher collègue, nous vous offrons l'hospitalité. Venez chez nous. Montez en voiture. En apprenant votre arrestation, nous nous sommes mis à la recherche du commandant de place et, au bout d'une heure et demie environ, nous l'avons trouvé.

Nous nous sommes portés forts pour vous : vous êtes prisonnier sur parole. Vous viendrez chaque jour nous voir à l'Hôtel-de-Ville et nous vous tiendrons au courant. »

Je remerciai vivement ces messieurs de leur bienveillant et précieux concours et, profitant de leur voiture, je me fis conduire chez M. Cavé, l'un de mes amis.

Il était de huit à neuf heures du soir : Rouen, si vivant et si bien éclairé d'ordinaire, était plongé dans les ténèbres ; personne dans les rues couvertes de neige. Toutes les maisons étaient fermées ; quelques reverbères, mal éclairés, jetaient une lueur sinistre sur la silhouette de deux sentinelles prussiennes marchant lourdement, se renouvelant de vingt en vingt pas et répétant leur sombre qui-vive : « Verda ? »

Rien de plus navrant ! On eût dit des spectres parcourant les rues d'une ville morte. Cela me troubla plus que les menaces de mort qui avaient tant de fois retenti à mes oreilles depuis la veille.

Les trois jours que je dus rester à Rouen en attendant mon laissez-passer, ne furent pas du temps perdu. J'appris, dans mes visites à l'Hôtel-de-Ville, que la municipalité de Rouen n'a-

vait encore versé aucune somme aux Prussiens.

Je me proposai d'imiter cet exemple.

J'obtins de M. Nitien un mot de recomman-
dation pour M. Pouyer-Quertier, président de
la Société de secours aux blessés, qui m'agréa
comme membre de cette société et me plaça
ainsi sous la protection de la Convention de
Genève, dont je fis attacher les insignes sur
la casquette et les vêtements neufs que j'avais
achetés pour remplacer les habits de travail avec
lesquels j'avais été emmené. Je me procurai
enfin une certaine quantité de médicaments et
quelques provisions alimentaires dont le besoin devait se faire sentir à Bourgtheroulde.

Même à Rouen, les approvisionnements devenaient rares ; mais quelle différence des char-
ges de l'occupation ennemie entre celles de cette
grande ville et celles de nos modestes villages !
Là, tout se faisait avec ordre ; la violence et le
pillage étaient inconnus. Chaque maison ne
recevait que de un à douze soldats, selon son
importance et sur le vu d'un billet de logement
délivré par l'autorité.

Dans nos petits pays, au contraire, l'ennemi
s'emparait des maisons, y mettait autant d'hommes qu'on en pouvait coucher dans tous les appartements, étendus sur de la paille. Au besoin, il jetait dehors les meubles, les animaux
et même les habitants. Il logeait ses chevaux
au rez-de-chaussée des maisons et, quand les
portes ne s'ouvraient pas assez vite, il brisait
tout. Des maisons d'ouvriers recevaient quelquefois une compagnie entière de soldats ennemis et, quand ceux-ci partaient, d'autres re-
prenaient la place presque aussitôt.

VI

Mon retour a Bourgtheroulde

Je louai donc une voiture et pris la route de mon village. Les postes prussiens étaient nombreux, ce qui m'obligeait à de fréquents arrêts. Un soldat se montrait à la portière et criait :

— Papiers !

Je me frappais de la main le bras gauche orné du brassard de la Croix Rouge ou je montrais ma casquette qui portait également cet emblême respecté. Le soldat me laissait passer sans autre explication.

Plus d'un qui, quatre jours auparavant, m'avait traité de brigand, s'imaginait que j'avais été fusillé et n'en croyait pas ses yeux en me revoyant vivant et libre.

A quelque distance de Bourgtheroulde, j'eus l'odorat désagréablement surpris par une odeur nauséabonde dont je cherchais vainement la cause et qui augmentait à mesure que j'approchais du village. Je ne tardai pas en avoir l'explication ; les rues étaient pleines de débris de bœufs, de vaches et d'autres animaux, égorgés par l'ennemi ; les maisons près de la Mairie et de l'église, plusieurs de l'intérieur du bourg étaient criblées de balles, les croisées en étaient brisées et les meubles dispersés.

Nombre d'habitants avaient fui. d'autres étaient blessés ou morts ; deux femmes étaient mortes de peur au moment du combat : c'était partout l'image de la désolation, et même, quelque chose de plus, puisque notre malheureux pays était toujours occupé par l'ennemi.......

En arrivant chez moi, mon fils aîné, pâli et amaigri, se jeta dans mes bras en pleurant. (Il m'avait cru fusillé.) Je ne raconterai pas ses angoisses quand il trouva dans le grenier les effets militaires laissés par les mobiles et le chassepot jeté par son jeune frère, ni ses terreurs en faisant disparaître ces objets compromettants, craignant à chaque instant d'être surpris par l'ennemi. Parlerai-je du pillage de mon magasin de vin, de l'invasion de ma maison par des soldats et des sous-officiers enivrés de leur trop facile victoire et quelquefois aussi par de trop fréquentes libations ? dirai-je cette ruine : le feu allumé à nombre de places dans mon jardin, près de mes bâtiments et dans toutes les cheminées de la maison, l'incendie du plancher de ma pharmacie, les lambris arrachés pour servir de combustible, ma bibliothèque mise au pillage, les tables d'acajou et jusqu'aux tables de nuit servant à hacher la viande et à déposer les marmites bouillantes, la graisse coulant sur tous les meubles ?

Je ne parlerai pas de mon fils qui fut consolé un instant par l'excellent docteur Métrich qu'un hasard heureux ramenait chez moi pendant ma captivité, mais en l'absence duquel il fut chassé par les violences de l'ennemi et obligé de se réfugier dans une maison voisine. Je ne dirai rien des services que me rendit alors mon vieil ami, M. Rouppert qui en imposait aux envahisseurs par son sang-froid et sa présence d'esprit.

Ces détails tout personnels n'intéresseraient peut-être pas suffisamment le lecteur.

Je reprends mon récit au moment où je rentrai chez moi après ma délivrance.

VII

LA SITUATION

A peine arrivé, mon premier soin fut de m'informer de l'état du pays. Mon fils m'apprit que beaucoup de personnes mouraient de faim et que la frayeur était telle qu'on n'osait même pas toucher aux débris de bœuf jetés par l'ennemi dans la rue.

Je fis porter immédiatement de la viande et du pain aux familles dont la détresse me fut le plus particulièrement signalée. Je fis publier un avis autorisant les habitants à s'emparer des débris de viande abandonnés. Je me rendis ensuite chez le commandant de place et je lui exposai la perte énorme d'aliments résultant du défaut d'organisation et les suites fâcheuses qui pouvaient en résulter, aussi bien pour les habitants que pour son armée.

Je lui démontrai que nous avions à craindre à la fois la peste et la famine et je le suppliai de s'associer à mes efforts pour remettre partout un peu d'ordre et de propreté. Il acquiesça à ma demande. (1)

Je pus alors faire enfouir les chevaux morts dans l'École des filles et dans la maison de M. Lemonnier, ainsi que les nombreux débris qui encombraient les rues du bourg, et il me fut possible d'économiser au pays les trois quarts des fournitures requises par l'ennemi, tant pour être consommées sur place que pour être transportées au loin.

(1) C'est vers cette terrible époque que l'ennemi prit toutes les vaches — au nombre de neuf — de M. Baccaud, à la ferme de la Férière.

Je ne réquisitionnais, du reste, qu'à mesure du besoin, et le moins possible.

Je profitais toujours du changement des troupes d'occupation pour priver l'ennemi d'une partie de ses réquisitions que je faisais distribuer aux habitants les plus nécessiteux. J'ai la certitude de leur avoir ainsi sauvé la vie.

C'est par ce moyen que je parvins à dissimuler cent cinquante kilogrammes de pain que je fis dessécher dans mon four autant de kilogrammes de viande que je fis saler, et qu'après la guerre, j'ai distribués aux habitants malheureux. (1)

VIII

RÉQUISITIONS ET PILLAGES DE L'ENNEMI. — LE FEU

Le 10 janvier, un officier prussien vint me dire qu'il avait trouvé plusieurs vaches échappées dans la campagne. Il m'en donna un bon

(1) M. Ribard, maire de Thuit-Hébert, m'ayant contesté le droit de réquisition, je lui répondis que c'était mal comprendre les devoirs de notre situation ; que, maires de nos communes, nous étions sous-intendants de droit: que la force des choses nous obligeait de réquisitionner et qu'il nous était impossible d'agir autrement; que c'était le seul moyen d'assurer aux fournisseurs leur paiement: que nul n'avait le droit de se refuser à nos réquisitions ; que, bon gré mal gré, nous étions, de par le droit de conquête, les fonctionnaires de la Prusse, que, sans doute, nous eussions pu donner notre démission mais que, dans ce cas, l'ennemi nous eût remplacés par des Prussiens, ce qui n'eût pas amélioré le sort de nos administrés ; que, d'ailleurs, l'ennemi, à tort ou à raison, me considérait comme administrateur du canton et me donnait des ordres auxquels je devais obéir. dans l'intérêt même du canton.

en m'autorisant à en garder une pour les habitants. Je m'empressai d'accepter cette offre. Mais
ce ne fut pas sans peine que je pus prendre livraison de la vache mise à ma disposition. Elle fut
plusieurs fois volée par les soldats ennemis et
reprise par mes hommes, aidés, d'ailleurs, je
dois le reconnaître, par un jeune officier prussien que le commandant voulut bien mettre à
ma disposition à ce sujet.

Je lui offris, le soir, un petit verre d'eau-de-
vie qu'il avait, certes, bien gagné par ses péré-
grinations à la recherche de la vache, par cette
journée, l'une des plus glaciales de cet hiver
rigoureux.

Il me dit, en le buvant, que, si nous étions
malheureux, il y avait encore une bien plus
grande misère à Metz, où les habitants étaient
contraints de venir manger le riz avec les soldats, afin de ne pas mourir de faim.

*
* *

Le lendemain matin, je fus réveillé au point
du jour par les cris : Au feu !

Un incendie venait se déclarer à l'hôtel de
Rouen, dont le mur était mitoyen avec ma maison.

En un clin d'œil, les flammes s'élevèrent à
trois mètres. Les dragons prussiens qui l'occupaient s'empressèrent de déguerpir.

Pendant ce temps, on était allé chercher les
pompes, et l'on fut promptement maîtres du
feu.

Presque aussitôt, un nouvel incendie éclata
à l'hôtel du Cheval-Noir, puis à la forge voisine. D'autres encore.

Tous ces commencements d'incendies furent

promptement comprimés, bien que nos pompiers les plus jeunes et les plus valides aient été mobilisés.

On doit les plus grands éloges à ceux qui opérèrent sous les yeux indifférents ou ironiques des Prussiens, notamment aux pompiers Madeleine, Savouret et Davaud qui risquèrent plusieurs fois leur vie.

Dans notre agglomération d'environ quatre-vingts maisons, plus de vingt-cinq incendies (1) avaient éclaté depuis le commencement de l'occupation prussienne.

J'invitai donc les habitants à faire ramoner leurs cheminées et je donnai ordre à deux pompiers de pénétrer dans toutes les maisons sans tenir compte des oppositions qui pourraient se produire.

*
* *

Vers le 12, j'eus à loger une dizaine de soldats et un sergent-major, assez bienveillants.

Tous les soirs, les sous-officiers de leur régiment se réunissaient dans ma salle et on leur faisait des rapports destinés à relever leur courage souvent abattu.

Un jour, on leur annonça que Paris, bloqué par quinze mille pièces de canon, avait capitulé. Ayant entendu cette nouvelle, dite en français, probablement à mon intention, j'affirmai que les forts de Paris étaient toujours debout et que le Mont-Valérien avait écrasé les cuirassiers de Bismarck, que jamais les Prussiens ne prendraient Paris. Les sous-officiers se regardèrent surpris et atterrés.

(1) L'un d'eux dévora entièrement la maison d'habitation de M. Delaplanche.

Quelques jours après, les Prussiens firent une reconnaissance jusqu'à Brionne et commirent des déprédations dans toutes les fermes sur leur passage. Ils revinrent chargés de lapins et de volailles de toute espèce.

En les voyant arriver, je songeai aux cultivateurs qui avaient élevé tous ces animaux et les avaient engraissés pour les vendre et payer leurs impôts et leurs fermages, et qui se voyaient tout à coup privés de leurs ressources.

Ce jour-là, toutefois, comme nous n'avions rien à manger, nous dûmes prendre notre part de ce butin interlope.

Les maisons où logeait l'état-major reçurent les plus belles pièces et en quantité si grande qu'on entendit, dans une de ces maisons, ce mot de la maîtresse du logis :

— Que faire de tout cela ? Nous serons obligés d'en jeter !

Hélas ! quand tant d'habitants du village mouraient de faim !

Des vols absolument sans excuses étaient aussi commis par des officiers instruits. L'un d'eux, se disant professeur de droit, fit enlever les chevaux et la voiture de M. D'Aussonvillers maire de Bosc-Guérard-de-Marcouville, et prit au château de la Messangère un ouvrage en trois volumes ; un soldat vola les bijoux de Mme d'Aussonvillers mère.

Sur la plainte du propriétaire au colonel prussien, les chevaux, la voiture et les bijoux furent rendus, mais non les livres qui ne furent pas réclamés.

*
* *

Le docteur Metrich revint chez moi à cette

époque. Il me sauta au cou et m'embrassa, comme un frère, en me disant :

— Je savais bien que vous reviendriez. (Il faisait allusion à ma mise en liberté après mon enlèvement par l'ennemi.)

Il m'aida beaucoup auprès des nombreux malades du bourg.

**

Je recevais également, pendant cette période, beaucoup d'espions : les uns visiblement prussiens, d'autres français, et ce n'était pas un de mes moindres embarras de m'expliquer avec eux. L'ennemi avait établi un poste dans ma salle sur la rue pour me surveiller.

**

J'appris un jour que l'armée prussienne, après notre désastre du Mans, remontait vers le Nord, sous la conduite du prince de Mecklembourg, pour écraser l'armée de Faidherbe.

Le lendemain, en effet, à la nuit tombante, les troupes prussiennes occupant le bourg reçurent à l'improviste, au moment où elles commençaient à manger la soupe, l'ordre de partir sur l'heure. Elles obéirent et allèrent coucher à Grand-Couronne.

C'était pour laisser la place libre à l'armée mecklembourgeoise, dont une partie passa par le Neubourg, l'autre par Bourgtheroulde.

Il passa des troupes toute la journée. Ce fut d'abord l'infanterie, puis la cavalerie, puis l'artillerie, puis les caissons, les fourgons, les bagages, les ponts et tout ce qui constitue une armée. Un négociant de Rouen, M. Harel, qui avait rencontré la tête de colonne en sortant de Rouen, était arrivé à Bourgtheroulde que le torrent envahisseur coulait toujours. Il se terminait par des voitures, pleines de butin, conduites par des paysans réquisitionnés....

Que cela était triste, mon Dieu !

* * *

Le colonel de hussards qui logeait chez **M.** Legendre me fit appeler et m'ordonna de verser immédiatement dix mille francs, de livrer, en outre, à ses troupes trente-deux sacs d'avoine, dix-sept cents kilos de pain et autant de viande, sans quoi il ferait brûler le pays et me ferait arrêter ensuite.

— Je n'ai aucun moyen de vous en empêcher, lui dis-je, vous avez la force ; mais une pareille conduite serait abominable. Je vous donnerai tout ce que je pourrai de pain et de viande ; mais nous n'avons pas d'argent, le pays est ruiné

Il s'emporta ; je dus me retirer sans avoir pu obtenir rien, mais me promettant bien de lui donner le moins possible.

Pendant ce temps, des soldats s'emparaient d'une vache chez M. Filoque, mécanicien.

Je priai M. Danvy, huissier, de me donner la sienne, ce à quoi il ne se résigna qu'avec beaucoup de peine, parce qu'il nourrissait avec le lait ses enfants encore tout petits.

J'en demandai aussi aux communes voisines, dont quelques-unes s'exécutèrent.

Le soir, j'annonçai au colonel prussien le résultat de mes démarches par une lettre que je fis placer sur son assiette au moment où il allait se mettre à table. Je disais : « Si la guerre

« a des nécessités terribles, l'humanité a ses
« droits et la justice domine tout. Que pouvez-
« vous exiger d'un pays dont les deux tiers des
« habitants sont en fuite et dont l'autre tiers va
« mourir de faim, si on ne lui vient en aide? »

Je lui donnai le temps de lire cette lettre et
me fis présenter.

Il vint à moi et me dit :

— « Monsieur le Maire, je vois que vous êtes
bien malheureux. Eh bien ! si votre ville est
tranquille, je vous protègerai. »

— « J'en réponds, lui dis-je, mais à une con-
dition...

(Je m'aperçus qu'il craignait quelque surprise).

— « C'est que vous obligerez vos soldats à
l'être eux-mêmes et à se coucher avant neuf
heures. »

Il me dit qu'il allait donner des ordres
dans ce sens; qu'il renonçait à la réquisition en
argent, mais qu'il fallait donner des vivres pour
les hommes et pour les chevaux.

Profitant de ses bonnes dispositions, je fis
donner avis à tous les habitants qu'à neuf heures, tout le monde devait être couché, les maisons fermées et les lumières éteintes, par ordre
du commandant de place.

Inutile de dire si cette mesure fut accueillie
avec reconnaissance par les habitants qui avaient
dû, jusqu'à ce jour, tenir leurs portes ouvertes,
leurs lumières allumées et leur feu attisé !

Le lendemain matin, je livrais à l'officier
payeur 250 kilos de viande et autant de pain,
mais pas d'avoine.

Il protesta, mais quitta le bourg avec son régiment.

D'autres ne devaient pas tarder à le remplacer.

Ce soir là, cinq jeunes mecklembourgeois, à la figure et au parler français, qui logeaient chez moi, refusèrent de laisser entrer quatre soldats prussiens.

Ils s'écrièrent en fureur :

— Nous, pas Prussiens ! Nix Prussiens ici !

Ceux-ci voulaient entrer quand même et monter aux chambres. Je leur dis qu'elles étaient occupées par des officiers.

Ils me placèrent alors la baïonnette sur la poitrine et m'auraient fait inévitablement un mauvais parti, si mon excellent ami, M. Rouppert, ne se fut écrié :

— Le commandant !

Ils se retirèrent alors en maugréant.

Le lendemain, ce régiment, formé d'éléments hétérogènes, partit : d'autres revinrent.

Les bataillons ennemis se succédaient sans interruption, emmenant avec eux les voitures requises un peu partout, attelées d'une façon souvent bizarre et traînées par des chevaux amaigris et malades dont beaucoup mouraient et empestaient les routes de leurs cadavres. Les soldats devenaient de plus en plus exigeants. J'avais sans cesse à leur tenir tête pour défendre nos intérêts.

IX

REFUS D'IMPOTS A VERSER A L'ENNEMI

Le 29 janvier, je reçus du préfet prussien d'Evreux l'ordre du 13ᵉᵐᵉ corps d'armée prussien d'envoyer à la Préfecture, avant le 7 février, le relevé des statistiques officielles de l'impôt versé annuellement, en temps de paix, par les communes du canton, et de lui faire parvenir le montant de cet impôt pour le mois de janvier. En cas de refus, le canton serait imposé d'une contribution, égale aux impôts de toute l'année, qu'il ferait lever par la force militaire.

J'envoyai copie de cet ordre à tous les maires du canton et je les convoquai chez moi pour le lendemain.

Nous rédigeâmes un refus collectif motivé sur la ruine du pays, qui rendait impossible pour longtemps la perception des impôts, non seulement par le gouvernement prussien, moins encore par le gouvernement français.

J'adressai cette protestation au Préfet prussien avec une lettre où je retraçais la situation douloureuse de notre malheureux village. J'y faisais appel aux sentiments généreux qui sont l'honneur des pays civilisés.

J'écrivis une lettre analogue au commandant du 13ᵐᵉ corps d'armée prussienne, résidant à Evreux, qui me demandait une énorme contribution en nature.

X

ÉLECTION DES DÉPUTÉS. — NOUVELLES RÉQUISITIONS DE L'ENNEMI

Enfin, le 12 février arriva : c'était le jour fixé pour les élections législatives dans notre département.

A peine le bureau était-il installé, que je vis déboucher tout à coup sur la place, un escadron de cavalerie prussienne. Le major vint m'ordonner de lui fournir immédiatement des logements et des vivres pour quinze cents hommes et quinze cents chevaux.

Je lui fis observer qu'il m'était impossible de m'occuper de sa demande ; que, n'étant pas prévenu, je n'avais ni vivres ni fourrages, que, d'ailleurs, il devait savoir qu'en vertu des conventions intervenues entre le roi de Prusse et le gouvernement français, j'étais obligé de procéder à l'élection des députés et que je n'avais pas le droit de quitter mon poste ; que vouloir m'y contraindre serait abuser de sa force et violer en même temps un acte consenti par son propre gouvernement.

Il insista, il menaça et, voyant qu'il n'obtenait rien, il me déclara qu'il allait envoyer des réquisitions dans la campagne, ce qu'il fit.

Pendant cette discussion, un colonel prussien, assis tranquillement près du feu, écoutait sans se faire connaître.

Il se retira et me fit dire par un soldat de venir lui parler, m'informant qu'il était logé à peu de distance, chez M. Gruel.

Je déclarai à ce soldat qu'il m'était impossible de me déranger et que, si son colonel avait quelque chose à me dire, il n'avait qu'à se rendre à la mairie où j'étais disposé à le recevoir.

Il vint et me dit, d'un ton sévère, qu'il fallait lui payer de suite 200,000 fr., sous peine d'être arrêté immédiatement. Je protestai, lui déclarant qu'il n'avait pas le droit de m'enlever à mes fonctions, que j'avais à présider aux élections législatives, conformément aux dispositions de l'armistice. Il devint violent et m'objecta l'ordre du général Fabrice.

— Comment, m'écriai-je, après tant de désastres, alors que plusieurs de vos généraux et colonels et que votre Préfet lui même ont reconnu que j'étais dans l'impossibilité de fournir aux réquisitions, en nature ou en argent pouvez-vous en exiger de moi de bien plus considérables? Je vais vous prouver ce que j'avance...

M. Vedie, adjoint, entrait dans la salle; je le priai de me remplacer et j'allai chercher les pièces justificatives.

A mon retour, le colonel me fit demander par le sous-officier qui parlait mieux français que lui, pourquoi j'avais refusé de me rendre près de lui puisque je venais bien de m'absenter.

Je répondis que c'était parce que l'arrivée de mon adjoint m'avait permis de le faire.

Il insista de nouveau pour obtenir le paiement des 200.000 fr. qu'il réclamait. M. Vittecoq, ancien maire, voulut intervenir, mais fut brutalement repoussé.

Je fis observer au colonel prussien que les plus riches mêmes n'avaient plus d'argent, que la banque était fermée, les chemins de fer détruits et les finances de l'Etat paralysées.

Il me demanda alors de lui signer des traites pour les faire négocier en Angleterre.

Je ne pus m'empêcher de rire, lui demandant s'il me prenait pour un riche négociant, comme il y en a dans les grandes villes, dont la la signature devait être connue en Angleterre.

Il me demanda alors du papier et tarifa chacune des communes du canton pour le chiffre de leurs contributions particulières. Il fixa la part de Bourgtheroulde à 19.000 fr. Puis, il envoya des officiers porter ces ordres dans toutes les communes.

Les maires de Bosc Roger et de Boscbénard-Comin, furent les seuls, avec moi, qui refusèrent de s'exécuter; tous les autres payèrent en tout ou partie, ou donnèrent des bestiaux.

Afin de me décider, le colonel prussien me dit que le maire de Rouen avait versé trois millions et celui d'Elbeuf un milion.

J'envoyai un exprès à ce dernier pour m'en assurer ; j'appris que ce n'était pas vrai.

Quoi qu'il en soit, menacé d'être arrêté le lendemain, je partis, avec M. Vedie, mon adjoint, pour me rendre auprès du général, à Elbeuf.

Nous fûmes reçus avec insolence, sur le palier de l'escalier, par un officier de type prussien. Je répliquai violemment ; deux ordonnances nous conduisirent à la chambre du général.

Je lui déclarai que, que, pour payer le reste du premier douzième d'impôts versé pendant ma captivité, mon adjoint avait été dans la dure nécessité de prendre l'argent déposé au tronc des pauvres. Je lui exposai la situation déplorable du pays... Il finit par reconnaître l'exactitude de mes paroles et m'engagea à retourner à Bourgtheroulde pour m'entendre avec le colonel auquel il allait donner des ordres. Il lui envoya en effet, un exprès.

Aussitôt de retour à Bourgtheroulde, je me rendis chez le colonel, déjà prévenu par l'ordonnance du général.

Il insista moins fort ; mais, sur mon refus de payer, il me dit qu'il avait l'ordre de me faire arrêter.

— Faites ! lui dis-je.

Alors, il me donna l'ordre de me tenir prêt pour le lendemain matin neuf heures.

Dès sept heures, une sentinelle était à ma porte et à celle de M. Legendre, désigné avec moi comme otage.

Nous nous rendîmes tous deux à la mairie où étaient déjà les otages des communes du canton, même de celles qui avaient payé la précédente contribution. Quand nous fûmes tous réunis, on nous conduisit à la mairie d'Elbeuf où la municipalité nous fit servir à dîner ; et, de là, on nous emmena à Rouen où nous arrivâmes à la nuit tombante.

On nous conduisit d'abord à l'Hôtel-de-Ville où nous restâmes assez longtemps sur le pavé comme si on n'avait su que faire de nous, puis à la Recette générale où logeait le commandant de place. Nous y fûmes reçus par un jeune officier prussien qui me reconnut comme l'ayant reçu à Bourgtheroulde quelque temps auparavant, une nuit, mourant de faim et de froid.

Il nous reçut très courtoisement, me disant qu'une bonne lettre du colonel venait d'arriver au sujet de notre affaire, et que nous ne serions pas trop malheureux.

Il nous introduisit auprès du général qui nous autorisa à aller coucher où bon nous semblerait, sous réserve de nous présenter le lendemain matin, à neuf heures.

Nous y revinmes, comme nous l'avions promis.

Le général nous dit d'un air ironique :

— « Messieurs les Maires, vous êtes libres ; mais tâchez de trouver le plus d'argent possible pour les Prussiens. »

— Je dis, en me retirant, à mes collègues.

— « Quand on laisse sortir le prisonnier pour dettes, il est libéré ; nous devons donc nous considérer comme déchargés de toute contribution. »

Ils me firent un signe affirmatif.

Alors, il se passa un fait inouï... L'un deux, que je ne désignerai même pas par la première lettre de son nom, dit :

— « J'ai trois mille francs ; si je les leur donnais pour les empêcher de venir ?

Je me précipitai sur lui et le fis taire.

Nous nous retirâmes donc, nous croyant au
bout de nos peines ; mais nous comptions sans
l'ancien Conseil général de l'Eure qui sortit un
instant de l'ombre où l'avait relayé la Révolu-
tion du 4 Septembre, pour nous susciter les
étranges embarras qu'on va voir.

Il ne suffisait pas aux hommes de l'Empire
d'avoir déchaîné la guerre sur notre malheureux pays, et de l'avoir entreprise et conduite
comme on le sait : il fallait encore qu'ils s'a-
charnassent sur nos ruines pour mettre le com-
ble à notre misère.

XI

MA LUTTE CONTRE LE CI-DEVANT CONSEIL GÉNÉRAL DE L'EURE

Le 20 février, M. de Blangy, maire de Bois-
sey-le-Châtel, me pria de réunir les maires du
canton pour le lendemain, à l'effet de délibérer
sur l'engagement que venait de prendre l'ancien
Conseil général de l'Eure, personnellement au
besoin et par corps, de payer à l'ennemi, au
nom du département une somme de *quatre
millions de francs.*

Je fus aussi surpris qu'indigné ; néanmoins,
je fis la convocation pour le lendemain, chez
moi, à onze heures.

Quand les maires du canton eurent pris séance, M. Lefebvre-Duruflé exposa que le Conseil
général officieux (ce fut le terme dont il se ser-
vit) s'était engagé, dans le but de mettre un
terme aux réquisitions de l'ennemi, à verser à

l'état-major prussien une somme de 4 millions.
Il engageait en conséquence les communes du
canton à ratifier cet engagement par une souscription proportionnelle.

Je témoignai de ma surprise de voir le Conseil général qui n'avait pas donné signe de vie
pendant la guerre, se réunir au moment où la
conclusion de la paix paraissait probable, pour
nous engager à payer une rançon si exorbitan-
te, alors que nous avions obtenu par nos démarches personnelles la remise de réquisitions
énormes.

J'ajoutai que la plupart d'entre nous avaient
été emmenés en otages et qu'on nous avait relâchés, nous tenant pour quittes. J'engageai donc
mes collègues à refuser de payer.

L'ennemi occupant toujours Bourgtheroulde,
ma maison était pleine de soldats et, à chaque
instant, il en entrait dans la salle où nous étions
réunis, pour faire des demandes de toutes sor-
tes. Ces allées et venues n'étaient pas faites
pour faciliter la délibération. C'est pourquoi M.
Lefebvre-Duruflé nous proposa d'achever notre
délibération à la mairie. Il espérait peut-être
aussi avoir plus facilement raison de ma résistance à l'Hôtel-de-Ville. Nous nous y rendîmes.

Aussitôt que nous fûmes installés, je renou-
velai mes objections avec plus de force ; j'exposai nos désastres, nos souffrances.

A peine eus-je fini de parler qu'un homme
de haute taille que je ne connaissais pas et qui
s'était assis derrière moi sans que je l'eusse
remarqué, se leva pour prendre part à la discussion et appuyer la proposition de M. Lefebvre-Duruflé. Je me retournai et je priai ce Monsieur de dire qui il était et s'il était membre
d'un des Conseils Municipaux du canton.

Il s'avança vers moi d'un air menaçant, me demandant qui j'étais moi-même.

Je lui répondis vivement qu'un étranger à notre canton n'avait pas le droit de se mêler à nos délibérations et je l'engageai à sortir.

M. de Blangy se jeta entre nous, et l'incident fut clos.

Reprenant la parole, je conclus en ces termes :

— « Messieurs, si vous avez de l'argent, gardez-le ! car, après s'en être emparé, l'ennemi n'en continuera pas moins à se faire nourrir et nous mourrons de faim. Quant à moi, je suis résolu à me laisser fusiller plutôt que de verser un centime. »

Je fus vivement applaudi par quelques-uns des membres présents, notamment par M. Herminier, conseiller municipal de Bosc-Roger et M. Martin, maire de Bosbénard-Commin.

A ce moment, deux soldats prussiens entrèrent dans la salle du conseil et s'avancèrent jusqu'auprès du bureau. Je répétai avec force :

— Nous n'avons pas d'argent ! Nous ne paierons rien !

Et je levai la séance.

M. de Blangy m'accompagna sur la place, s'efforçant de me faire revenir sur ma détermination, mais en vain.

Quelques jours après, M. Lefebvre-Durufflé, informé que le conseil général avait obtenu que l'ennemi réduisît sa demande de 4 millions à 3 millions, tenta d'organiser chez M. Gruel une nouvelle réunion des maires du canton.

Je me dispensai de me rendre à cette séance qui avorta, par suite de l'absence presque générale des maires convoqués.

On commençait à comprendre que le ci-devant Conseil général de l'Eure jouait un rôle de dupe et que les Prussiens. en prévision de la paix qui allait les obliger à regagner la frontière, se seraient contentés de n'importe quelle somme.

XII

LES OTAGES DE LIVAROT

A cette époque, notre village fut traversé par les otages du canton de Livarot (Calvados), parmi lesquels se trouvait un vieillard de quatre-vingts ans.

Ils étaient conduits dans une voiture à cochons.

Malgré l'opposition de l'officier et des soldats qui les escortaient, je me cramponnai au derrière de la voiture, les engageant à persister dans une attitude énergique.

J'obtins du commandant de place qu'ils s'arrêtassent à Bourgtheroulde.

Je les logeai dans la maison de M. Gasse jeune où je leur fis porter des draps et leur fis servir un dîner voté par le Conseil municipal réuni d'urgence.

Le lendemain, ils furent conduits à Rouen où ils ne tardèrent pas à être mis en liberté.

Quelques jours après, je recevais des lettres de remerciement du Sous-Préfet de Lisieux et du Maire de Notre-Dame-de-Courson, l'un de ces otages.

XIII

INGÉRENCE DU PRÉFET PRUSSIEN DANS L'ADMINISTRATION CIVILE

Peu de temps après, je reçus un paquet de

circulaires qui me parvinrent par l'intermédiaire d'un des maires du canton.

A quel titre ? Je l'ignore.

Ces circulaires étaient une ingérence du Préfet prussien dans notre administration.

On y demandait, entr'autres choses, la remise
des registres de l'état-civil des communes du
canton.

Je déchirai toutes ces pièces et j'en jetai les
morceaux au feu.

XIV

DERNIÈRES VEXATIONS

Bourgtheroulde était alors occupé par un détachement de deux cents hommes du train, tous
brigands, y compris le chef qui était aussi mé-
chant que malhonnête homme.

Le bourg était mis au pillage jour et nuit.
Mon magasin de vin eut particulièrement à
souffrir. Ils en défoncèrent non seulement les
portes, mais encore une partie du plancher et
des murs.

Sans l'arrivée d'une troupe d'infanterie dont
le chef était le capitaine Hermann, qui devint
commandant de place, il ne me serait resté
aucune barrique de vin.

Il fit attacher les coupables aux chariots remi-
sés sur la place de la Mairie et les y fouetta. Il
écrivit, en outre, un rapport de blâme sur la
conduite scandaleuse de leur capitaine.

Des luttes sanglantes avaient lieu tous les
jours entre les habitants et les soldats du
train ; nous dûmes cependant les subir jusqu'à la fin de l'occupation, et il fût certainement survenu de grands malheurs sans

l'arrivée de la troupe d'infanterie dont je viens de parler et qui devait, elle aussi, nous rester jusqu'au dernier jour. Ce régiment, je dois le reconnaître, nous protégea contre ces misérables.

Leurs chevaux ayant été atteints du typhus, je tentai une démarche pour les faire conduire hors du village ; mais mon insuccès fut aussi complet que ma démarche téméraire.

Un jour, le capitaine Hermann me requit de faire prendre tous les bestiaux de trois grandes fermes qu'il me désigna. Lui ayant fait observer que ce serait ruiner ceux qui les exploitaient, il m'autorisa à faire porter les réquisitions sur diverses communes.

Les maires qui avaient versé de l'argent aux Prussiens à titre de réquisition de guerre, disaient qu'ils ne devaient plus rien. Ils finirent cependant par s'exécuter. L'un d'eux même, se résigna avec empressement quand il apprit que l'une des trois fermes primitivement désignées pour cette réquisition était celle de son beau-frère.

XV

FIN DE L'OCCUPATION

Pressé par le Préfet prussien qui réclamait le versement des impôts du mois de février, craignant d'ailleurs le pillage en cas de résistance trop prolongée, j'invitai les maires du canton à m'apporter l'argent dont ils pourraient disposer.

Je réunis ainsi la somme de 10.000 fr. et je partis pour Evreux, bien décidé à ne payer que si je ne pouvais faire autrement.

Descendu à l'Hôtel de Milan, où se trouvaient déjà les délégués de Beuzeville qui venaient, eux aussi, pour le même motif que moi, je leur fis part de ma résolution de ne payer qu'au dernier moment.

Nous résolûmes donc d'attendre jusqu'au lendemain sans quitter l'Hôtel. Nous eûmes alors la satisfaction d'apprendre que l'ennemi avait évacué la ville, et nous pûmes rapporter à nos commettants l'argent qu'ils nous avaient confié.

Je ne crois pas qu'il y ait beaucoup de communes envahies qui aient pu résister jusqu'au dernier jour sans verser à l'ennemi un centime d'impôts.

*
* *

Nous étions au 7 mars. Ce jour-là nous apporta la délivrance.

L'ennemi quitta Bourgtheroulde dans la matinée.

Nous nous sentîmes alors comme délivrés d'un poids énorme. Ce ne fut pas cependant sans une sérieuse angoisse que quelques-uns, d'entre nous constatèrent dans toute leur réalité leurs désastres personnels et se demandèrent comment ils parviendraient à les réparer.

XVI

Don de la ville de New-York

Le dernier soldat prussien quittait à peine le village que je vis s'arrêter à ma porte une voiture d'où descendirent deux voyageurs.

L'un d'eux était un Américain, M. Parker, délégué de la ville de New-York ; l'autre était français et lui servait d'interprète. Ils avaient pour mission de porter secours aux communes les plus éprouvées par l'invasion. Ils avaient déjà apporté leurs généreuses libéralités aux communes de Moulineaux et de Grand-Couronne.

Ils m'offrirent pour Bourgtheroulde la somme de 2.000 fr. faisant observer que cette somme était offerte, non par le gouvernement des Etats-Unis, mais par la ville de New-York.

Ils m'engagèrent à faire distribuer de suite des vivres au plus grand nombre de ceux qui en manquaient, m'autorisant à acheter avec le surplus, s'il y en avait, des outils pour les ouvriers, des livres et des vêtements pour les enfants des écoles.

Inutile de dire que j'acceptai avec empressement cette offre aussi généreuse qu'imprévue.

Je commandai de suite une livraison de pain au boulanger et j'engageai tous ceux qui en éprouveraient le besoin, à se présenter à sa boutique, ne doutant pas que ceux, qui pourraient le faire, se dispenseraient de manger le pain de l'aumône ou s'empresseraient d'en payer le prix dès que le premier argent serait entré dans leur bourse.

J'y ajoutai même 250 fr. de ma poche, qui. additionnés à ce que j'ai distribué pendant l'invasion, faisaient une somme assez ronde.

Je ne parle pas de mes pertes personnelles, dont je ne fus indemnisé qu'en partie.

J'adressai à la ville de New-York, par l'intermédiaire de la Légation américaine à Paris, une lettre de remerciements dont copie fut publiée dans l'*Union républicaine* d'Évreux, et transcrite à la mairie de Bourgtheroulde sur le livre des délibérations.

En remettant mes fonctions de maire, après l'invasion, j'eus la satisfaction de laisser le budget municipal plus riche de 1.800 fr. qu'au moment où je fus appelé à les remplir.

Cet excédant provenait de diverses souscriptions et de la vente d'objets abandonnés par l'ennemi. (1)

XVII

MA RÉCOMPENSE

Je termine ici la reproduction de mes notes sur l'*Invasion Allemande à Bourgtheroulde*, me réservant d'en publier ultérieurement la suite, si besoin est.

J'y raconterai l'étrange procès que j'eus à soutenir, pendant deux longues années, à propos de la liquidation de l'indemnité qui m'était due à cause du pillage de mon magasin.

Ayant triomphé sur tous les points, j'étends le voile de l'oubli sur les agissements de mes adversaires.

(1) Après la guerre, le capitaine Trémant m'a adressé sa photographie avec cette inscription :
« A Monsieur Bouquet, maire de Bourgtheroulde, « au nom de la Compagnie des Francs-Tireurs de « Caen, en souvenir de son parfait accueil et de son « patriotisme. Hommage de reconnaissance.
« Le capitaine commandant la compagnie.

« TRÉMANT. »

Je porte en moi-même la plus belle des récompenses : la conscience d'avoir tenu sans faiblir le drapeau de la France pendant le temps douloureux dont je viens de retracer l'histoire.

FIN

ERRATA

PAGE 10. — *Au lieu de* : MM. Juste Deshayes, Bourgalié et Despason, *lire* : MM. Juste Deshayes, Bourgalée et Desparois.

PAGE 21. — *Au lieu de* : Saint-Martin-d'Anfréville, *lire* : Saint-Martin-d'Infréville.

PAGES 36 et 37. — *Au lieu de* : M. Nitien, *lire* : M. Nétien.

PAGE 40. — *Au lieu de* : M. Baccaud, à la ferme de la Férière, *lire* : Mme veuve Baccard, à la ferme de la Fèvrerie.

Lisieux. — Imp. E. POUTREL, 15, Grande-Rue

174

www.ingramcontent.com/pod-product-compliance
Lightning Source LLC
Chambersburg PA
CBHW060808180626
46818CB00002B/754